KB162148

가루의 힘

가루의 힘

김 관 식 지음

도서출판 해동

새로운 도약을 위해

40여년 전부터 동시를 쓰면서 틈틈이 쓴 시다. 동시의 영역에서 벗어난 시들을 버리지 못하고 묶어 반성의 기회를 갖고자 시집을 펴낸다. 그 까닭은 최근 1,2년 사이에 동시보다 성인시에 천착하여 시집 두 권 이상을 묶을 양을 양산했다. 다소 결점이 많은 시들이지만 버리지 못해 세상에 내보낸다. 그렇게 해서라도 철저한 자기 검증의 과정을 거치고 싶었기 때문이다.

이러한 고집은 조금은 바보스러운 짓임을 잘 안다. 자기의 치부를 들어내는 짓이기 때문이다. 첫시집이 가져다주는 시인에 대한 이미지는 중요하다. 그러나 그보다 진실을 숨기는 것은 더욱 아니라는 생각이 이 바보짓을 하게 만들었다.

이 시집을 내자마자 곧바로 최근시작들을 모은 시집들을 멋지게 보여줄 셈이다. 그저 부담없이 편하게 그저 그렇구나 생각하시고 읽어주시길 바란다. 언어의 가공을 거치지 않는 티가 많은 순수성을 높이 사주신다면 고마울 뿐이다.

20대 젊은 날부터 문학조직활동에 빠져 살다가 그것이 잘못된 길임을 알고 깊이 뉘우치고 문단정치의 그늘에서 벗어나 홀로서기로 20여년을 보낸 족적이다. 약삭빠르게 움직여야 명예도 얻고 문인으로 대접받는 세상에 우직하게 밥도 죽도 나오지 않는 문학작품속에 빠져 세상 변한지도 모르고 살아왔다. 후회하지 않는다. "문학의 숭고한 의미보다는 문단정치와 실리에 급급한 문학은 문학에 대한 모독이다"라는 소신은 변함이 없다. 이 책의 발간을 계기로 1년에 1권의 시집과 2,3년마다 1권씩의 문학이론서를 펴낼 작정이다. 죽는 날까지 문학이라는 내 운명의 멍에를 짊어지고 내게 주어진 이 길을 우직하게 걸어갈 것이다.

2014년 3월
김 관 식 드림

■ 차례

7부 아침이슬

1부 넝쿨 장미

능소화

저리도 한이 맺혀 죽었을까?
만나는 사람마다
줄기를 뻗어 꽃 한 송이 피우고
억울해 하소연하고

또 올라가며
하소연하며 피운
한 서린 꽃송이

한 품은
처녀귀신의 원혼일거야

새마을 방송 스피커처럼
키 큰 나무 붙들어
그 끝까지 오르면서
꽃 피우고
쏟아내는 이승의 이야기들

독기품은
귀신의 속삭임 소리
피눈물이 되어
능소화, 꽃을 피웠다.

철쭉꽃 필 때

이글이글
장작불이 피워 오른다.

아른거리는
아지랑이가
뱀의 헛바닥처럼
날름거린다.

봄은 가고
이제
무더운 가마솥 여름이
시작된다.

화단에 앉아
불을 피워 올리는
식지 않는 불꽃
그렇게 철쭉은 피고
무더위도 찾아온다.

넝쿨 장미

스무 살
이글거리는
6월.

귀도 멀고
눈도 멀고

오직
사랑에만

불붙어 타오르는
붉은 심장이다.

무궁화

무궁화 꽃이 피었습니다.
겨레의 가슴속에
활짝 핀 무궁화
민족의 꽃입니다.
오천 년
삼천리 한반도의 땅에
끈질기게 피어온
忍苦의 눈물 꽃

그 꽃향기
세계 방방곡곡 그윽하게 풍기는
아름다운 꽃입니다.
자랑스러운 꽃입니다.

'동방예의지국'이라고
칭송받던 우리 겨레
그 혼이 담긴 꽃입니다.

우리가 아끼고 보살펴야 할
대한민국의 자랑스러운 꽃
무궁화입니다.

개망초 꽃

개망나니
개망초

아무데서나
나서는
약방에 감초 같은
꼴불견

조그만
붙임딱지
하얀 꽃

수다스럽게
떠들어대듯
흐드러지게
6월의 산과 들에
마구 붙여놓은
개망초꽃

온통
개망신이다.

불꽃놀이

톡탁탁탁
푸찌지릿찌
튄다 튄다 튄다
밤하늘을 솟구쳐 오르는
화려한 불꽃

허공을 향해
솟구치는 저 불꽃
내 가슴을 옥죄이던
그 무엇이
팍팍팍 터지는 소리

부푼 풍선이 터지는 듯
내 가슴이 후련해진다
짧은 순간이지만
이처럼 아름다울 수 있을까?
이처럼 속 시원할 수 있을까?

수천의 눈망울이
밤하늘의 불꽃을 쳐다보며
우와!
수근거리는 탄성소리

온갖 형상으로
밤하늘을
아름답게 빛나는
저 불꽃

보았는가?
우리들이 꿈꾸는 환상의 아름다움을
다 같이 공유하는 순간의 魔力을

화려하게 터지고
또 터지길 기다리는
군중들
불꽃이다 불꽃이다
군중심리의 승화다

불꽃놀이가 끝나면
허전하게
뿔뿔이 흩어져 뒤돌아가는
저 군중들의 쓸쓸한 모습은
이미 예견된 일

튀기는 불꽃의 슬픔을 보았는가?
화려한 불꽃의 쓸쓸함을 아는가?

화려한 아름다움을 꿈꾸다가
산산이 흩어지는
상승과 하강의 변주곡
오늘밤에도
꿈속에서 불꽃놀이가 있을까?
설레이며 잠자리에 든다.

봄의 환상

산자는 다시 일어나고
죽은 자는 그들의 그림자가 되는
봄

산자 역시
머지않아 죽은자가 되어
산자의 그림자가 될 것이다.

죽은 자는
뿌리가 있는 한
다시 산자가 되어 부활하리라.
"헛되고 헛되도다"라는
솔로몬의 가르침을 안다면
부자가 빈자를
높은 자가 낮은 자를
배운 자가 못 배운자를
수직으로 보지 못할 거다.

높은 산이 풍화작용으로
낮은 산이 되고
평지가 되는 걸 시샘하여
봄은 수직상승으로 몸부림할 것이다.

가을에 하강이 있고
겨울에 매서운 추위가 있는 줄
알면서도
물고기처럼 물길을 거슬러 오르며
기필코 꽃을 피워 내리라

감기

콧물 질질 흘리더니만
기침을 쏟고
식욕이 없다.

세상이 어지럽다
만사가 귀찮아진다.

내 몸속에 들어온
눈에 보이지 않는
바이러스가 이렇게
나를 무기력하게 만들고 있다.

새봄에 적응하지 못한 탓일까?
속절없이 세월만 보낸
늙음 탓이러니

예기치 않는
불청객으로
나는 큰 손님을 맞이하고 있다.

아까시아 꽃

뻐꾸기
울음소리

짙은 향기로
하얗게
부서지는
오월

그 울음소리
가득 담아놓은
아까시아 꽃

흐드러지게
가슴 응어리로
눈부시게
피어난
하얀 소복 입은
여인의 눈물

그릇

우리들은
타고난 저마다의 그릇이 있다.

뚝사발이냐?
크리스탈이냐?
유기그릇이냐?
사기그릇이냐?

만든 재료에 따라
모양에 따라
누가 쓰느냐에 따라

그 쓰임이
크게 달라지는
그릇

무엇을 담는가는
주인의 몫

추하고 역거운 것을 담으면
가치가 없어지고
아름답고 향기 난 것을 담으면
품위가 올라간다.

난 어떤 모양의 그릇에
무엇을 담고 있는가?
무엇을 담아야 격에 맞는가?
스스로가 깨달아야 할 과제다.

바겐세일

파는 사람이
사는 사람을 위해
물건 값을 깎아 준단다.

거저 준단다
밑지고 판단다.

사는 사람은
이제까지 많이 속고
이제는 적게 속는단다.

파는 사람은
제 값을 못 받아
아쉽지만
많이 팔기 위해
바겐세일을 한단다.

사는 사람은
싸게 사서 즐겁고
파는 사람은 많이 팔아서 즐거우니
서로 좋은 일
1년 내내
바겐세일
서로 좋으면 더 좋겠다.

그리움 다시보기

하얀 사발에
맑은 물 한 그릇
가득 떠놓고
물 들여다보기

벚꽃
활짝 핀
4월
하얀 꽃잎
눈처럼 흩날리는
꽃길 걸어보기

소쩍새
울음소리
귀 기울려 듣기

단풍잎
빠알갛게 물든
산길
걸어보기

아무도
걷지 않는
하얀 눈길
걸어보기
그리운 사람과 같이 걸었던
길
다시 걸어보기

지나간
아름다운 순간들은
모두 그리움이 되어
내 가슴에 남아 있더라.

돌 던지지 마라

위에서
돌 던지지 마라

넌 몰래 숨어
내 모습을
손가락 하나 움직이는 것까지
살필 수 있겠지.

나쁜 맘먹으면
돌을 던져 날 쓰러뜨리는 것은
식은 죽 먹기보다 쉬울 거야.

나는
너를 볼 수 없어
네게 돌 던질 수도 없겠지만
네가 위에서 떨어지는 날
너는 뼈도 못 추릴 거야.

위에서
돌 던지지 마라
돌 던지다가
네가 던져질까 두렵다.

대나무

휘어질망정
부러지지 않고 싶다

곧은 마음
부러지고 거라고
걱정들 하지만

내 속이
텅 빈 것은
부러지지 않기 위함이니

속빈 강정이라고
놀리지 마라

가만가만 부는
바람의 물음에도
자상하게
대답해주는

그런 너너한 사랑으로
가득 채울
텅 빈
대나무

2부 눈 물

아가의 눈물1

아가의 눈물은
엄마의 사랑이다.

참 맑은
아기 눈물

배고프다고
칭얼칭얼

기분 좋다고
까르르

아가의 눈물은
아가의 생활이다.

아가의 눈물2

아기의 눈물은
생활입니다.

울어야 젖 준다는 말이 있듯이
울음으로
사는 법을 깨우칩니다.

울음은
아기가 건강하다는
징표입니다.

우리가 태어난 순간
울음으로 태어납니다.

저승 가는 순간
가족들이
울어줍니다.

울음은
우리 삶의 시작입니다.

울음은
우리 삶의 끝입니다.

눈물1

슬플 때
눈물 납니다.

너무 기쁠 때도
눈물 납니다.

눈물이 없는 세상
사막입니다.

사막의 오아시스처럼
눈물이 있는 곳에
더불어 살아가는
따뜻한 마음이 있습니다.

눈물2

이 세상을
바라보는 눈 속에
눈물샘이 있습니다.

눈물이 메마른 사람은
피도 눈물도 없다고 합니다.

이 세상이 가장 아름다울 때
이 세상이 가장 추악할 때
눈물이 납니다.

갈수록 눈물이
메말라 갑니다.

따라서
정겨움도 메말라 갑니다.

우리들 마음속에
사막화가 되는 모양입니다.

눈물3

가장 괴로울 때
어머니의
눈물을 생각합니다.

가장 기쁠 때
또한 어머니의
눈물을 떠올립니다.

울고 웃는
세상살이
눈물은
가장 아름다운
사랑입니다.

눈물4

이름을 남겨
무엇 하겠는가?

많이 가지면
무엇 하겠는가?

부질없는
헛되고 헛된
세상살이

눈물은
삶의 윤활유입니다.

눈물5

풀잎들이
아침마다
맑은 이슬을 떠받들고 있듯

우리 가슴 속에도
고운 생각들을
눈물로 흘린다.

산속에
맑은 옹달샘에
산짐승들이 찾아오듯

우리가 세상을 내다보는 눈
그 속에 눈물샘이 있어
보는 사람들을 달래준다.

눈물6

난
기막힐 때 운다.

사막의 모래밭을
뚜벅뚜벅 걷는
낙타의 눈물처럼

너와 나 사이
믿음을 등진
친구를 볼 때
눈물로 뚜벅뚜벅

하얀 색깔

이 땅에 살던
조상들의 눈빛이다

동짓달
펑펑 쏟아지는
함박눈을 맞으며

걸어가는
소복 입은
여인의 옷자락이다

매서운
바람에
헛기침하며
백발을 흩날리며
걸어가는 늙은이이다

물그릇

냉수 한 그릇
벌컥벌컥 마신다.

제 몸을 비워
나의 갈증을 풀어주는
물그릇

나는
마음을 비워
남의 갈증을 풀어준 적이 있었는가?

뒤뜰 감나무 밑에
정화수 한 그릇 채워놓고
남몰래
두 손 모으시던 어머니

그 바램으로
내가 이만큼 자랐지만
나는 아직도
물그릇을 비워
다시 채울 줄 모른다.

내 고향의 봄 풍경

등 굽은 마을길 가로수에 활짝 핀 하얀 벚꽃 잎
바람에 휘날리는 하얀 꽃 보라 물결
환하게 활짝 웃으며 나를 반겨주는 내 고향
그리운 고향 사람들의 반가운 웃음소리
어머니의 자애로운 눈빛처럼
모람모람 피어오르는 아지랑이 물결
고향에 돌아오면 어머니의 품에 안긴 것처럼
포근함에 스르르 잠이 옵니다.

도시의 빌딩숲에서도 눈앞에 선연한 고향모습
희뿌연 하늘 희미한 별빛에 멀어져간 고향이지만
언제나 그리운 파릇파릇한 고향 언덕길
주름진 얼굴로 반기는 부모님의 여윈 얼굴
그 모습 안타까워 눈물집니다.
고향집 싸립문 들어서기도 전에 멍멍멍 짖어대던
바둑이도 소리대신 고리를 흔들며 나를 반깁니다.

내 고향의 봄

굽이굽이 달려온 강물이 산모롱이를 휘돌아
넓은 벌판을 유유히 흘러가는 그림 같은 곳
들판에는 봄바람에 옷자락을 휘날리며
쓰러지고 일어서기를 되풀이하는 청보리 밭 물결
까투리가 알을 품어 알에서 깨어난 아기꿩이 보리밭 사잇길로
지나가는 황소의 발걸음 소리에 놀라 우르르 달려가다 숨는 곳
그 곳에 종달새가 하루종일 지배종종 지배종종
들판에서 노닐다가 허공에 멈추어 봄노래를 부르네.

산과 산이 어깨동무하고 안개 자욱한 산모롱이를 휘돌아
희미하게 모람모람 사라져가는 그림 같은 풍광이 펼쳐지는 곳
산새들이 고운 목청을 뽑아 노래하며
산열매 토실토실 여물어가는 숲 속의 속삭임 소리
메아리도 따라서 야호 야호 소리치는 그리움이 피어오르는 곳
그 곳에 뻐꾸기가 하루 종일 뻐꾹뻐꾹 뻐뻐꾹
밤마다 부엉이와 소쩍새가 부엉부엉 소쩍소쩍 울어대네.

어느 걸인의 기도

도시의 지하철역
지하계단에는
알라신이 산다

알라신을 모시는
산발한 머리
허름한 옷차림의 사내

오늘도 엎드려
빈 음료수 박스통 앞에 앉아
알라신께 기도드린다.

땡그랑
금속성 소리
이순신장군의 은혜

가끔
퇴계 이황선생을 만나기도 한다.
율곡 이이선생을 만나기도 한다.
세종대왕을 만나는 날은
알라신의 큰 축복이 내리는 날이다.

모진 모래바람에
사막을 걸어온
행인의 따뜻한 손길을
만나는 날이다.

3부 가루의 힘

작으나 큰 섬, 독도

시퍼렇게 눈 뜨고
출렁거리는
동해바다 파도소리

지도에
작은 점하나
조그만 섬이지만
너무나도 커져버린 섬
독도

갈매기 울음소리
바닷새들의
늠름한 비상

앙상한
우뚝 솟은
바위 덩어리
그 아름다운 섬

엄연히 대한민국의 국토이건만
일본은
자기네 땅이라고
우기는 웃지못할
어처구니없는 일이 있다.

부끄럽지도 않는가?
남의 나라
36 년 동안 도둑질 하더니
반성하기는 커녕
아직도 그 버릇 못 버리는
망언들

우리는 꼭 잊지 말아야 한다.
역사는 거짓일 수 없다는 것을.....

지구촌이 한 가족 되어
오순도손 함께 어울려
즐겁게 살아가야 한에도
남의 나라 땅을 넘보는
가깝고도 먼 나라

일본은

역사의 순리를 따라야 한다는

세계가족의 평화를 아는가 모르는가?

작으나 큰 섬이 된

대한민국 땅, 독도

독도는 우리가 자자손손 물려주어야 할

옛날부터 우리네 땅

지금도 우리네 땅

앞으로도 우리네 땅이라는 것을……

가루의 힘

밀알이 밀알끼리
붙어있는 것을 보았는가?

쌀알이 쌀알끼리
붙어있는 것을 보았는가?

밀알이나 쌀알이
비로소
가루가 되었을 때
서로 잘 섞여

밀알은
밀가루 빵이 되고

쌀알은
쌀가루가 되어
떡이 되듯

우리가 우리를 사랑한다는 것은
진정으로
너와 내가 아닌
서로가 서로의 가루가 되는 일이다.

모닥불

추울수록
모닥불의 고마움은
상승 한다

불꽃을 내뿜으며
타오르는
저 뜨거운
사랑의 열기를 보라

나를 불사르고
남에게 따뜻한 열기를
전해줄 수 있는
어머니의
위대한 사랑 같은

매서운 추위도
주춤거리게 하는
모닥불

너는 한 순간이라도
다른 사람을 위해
뜨거운 불길을 쏟아 부은 적이 있는가?

이 세상 떠나는 날
후회 없이
잘 살았노라고
편히 두 눈을 감을 수 있겠는가?

만약 자신이 없다면
모닥불을 보라

그가 거침없이
나를 버리고 남을 위해
자신을 불태울 수 있듯이
그의 뜨거운 정열을 배워라.

가마솥

넉넉한
인심이다

여러 사람이 한꺼번에
모두
먹을 분량의
밥을 할 수 있는
굵직한 무게
커다란
가마솥

아궁이 속
활활 타는
마른 나무가지
그 화력으로
노릇노릇한
누룽지 위

고슬고슬
윤기 잘잘 흐르는
하얀 밥도 익혀내고

뜨거운 물도
가득 데워내는
그 넓은 품

맛과 멋
그 모두 갖춘
투박한 사투리 같은
가마솥 위에

김이 모락모락
피워 오른다.

자작나무숲

순백으로
곧게 뻗은
자작나무 숲에 들어서면

하얀 눈을 닮은
순수한 자작나무의
진솔한 기도소리
소곤소곤

하늘도 감동할
저 순백한
자작나무의 소원들

순수한 마음으로
사랑하며 살아가리라

사랑은
내가 진심일 때
상대를 감동시키는 법

내가
곧은 마음으로
하늘 향해
당신을 받들면

당신도 저 높은 곳에서
이파리를 흔들며 응답하리라.

매미

굼벵이로
수년 동안 어둠속에서
억울하게 살았노라고
울부짖는다고
누가 너에게
젖을 줄 것 같니?

세상은
네가 울부짖는다고
달라지는 게
아무것도 없다고
이 어리석은 사람아!

전정가위

잘라져야 한다
미련 없이 잘라져야 한다

더 아름다워지기 위해
잘려지는 아픔쯤은
견디어야 한다

정원사의 손길로
아낌없이
잘라지는
나무들

나무의 욕망을
솎음질 해주는
전정가위

느티나무

마을 앞
밑둥이 텅빈
천 년의 느티나무

뜨거운 여름
마을사람들이
편히 쉬게
그늘을 가려주고

마을 이야기
다 들어주는
어머니
살아있는
산증인이다.

늘 그 자리
마을을 지키던
사람들이
그 자손으로 바뀌었을 뿐

느티나무는
말없이
마을을 지킨다.

금줄을 치고
돌을 쌓아놓고
소원도 빌고 가지만

말이 없다.
그저 바라만 볼 뿐

해마다
수많은 폭풍
다 이겨내고
우두커니 서 있다.

엘리베이터

비틀비틀
상하좌우
수많은 계단으로 된
골목길

고층건물이 들어서자
상자모양의
엘리베이터가 되었다.

골목길 대신
엘리베이터

동서남북 사방
평면의 골목길이
상하 수직의 엘리베이터로
올라갔다 나려갔다

동네 사람들이
사는 집들을
기웃거리는
바람도 없고

답답한 상자 속
골목길
붉은 글씨의 숫자들
이웃집들의 번호만
되새김질 할 뿐이다.

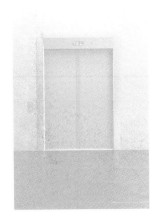

숲 속의 오월

소나무 숲
짙은 송진 냄새

오월이 되자
가지 끝에서
촛대들이 쑥쑥 올라간다.

그 밑에
청개구리들이
하얀 거품을 뒤집어쓰고
앉아 있고

촛대부근에
번데기 모양의
송화 꽃
달라붙더니

노오란
가루 범벅이 되었다.

간절한 소원만큼
바람 따라
노랗게 흩날리는
송화 가루

수평으로 보기

세상을 수평으로 보면
아름답게 보이지

저 산 너머에는
누가 살고 있을까?
막연한 그리움도 피어나고

가까이 보이는
내 이웃이
반갑게 보이지

그런데 언제부터선가
빌딩이 들어서면서
사람들은
수평을 보지 못하고
수직으로만 세상을 보기 시작 했어

어떻게 하면
저 높은 자리를 올라갈까?
경쟁심으로 내 이웃이 미워지기 시작했지.

사랑은
수평과 수직으로 보기야
내 친구 내 이웃을 수직으로 존경하고
수평으로 사랑하는 거야

독립운동

한 해가
저무는 보다
무성한 나뭇잎이
떨어지는 걸 봐

단지 1년을 위해
몸부림치던
저 초록의 숨결

어디로 갔을까?

앙상한
나무가지는
바람에 모진 고문을 받으면서도
끝끝내
입을 다물었다.

내년을 위한
독립운동
봄은 반드시 올 것이다.

아름다운

아름다운
눈

아름다운
생각

아름다운
마음

아름다운
세상

곱다
예쁘다
착하다

감동의 물결
천사들의 노래

4부 짝퉁시대

등나무

올곧게
살아가면
바람 잘 날 없이
흔들리더라.

제 스스로
허리 굽히고 살아가면
굽힌 만큼
확 트이는 앞길

뱀이 왜 헛바닥 날름거리며
기댈 기둥이라도 있다면
제 몸 똘똘 꽈배기 꼬듯
위로 올라가
또아리를 틀고 앉아서
또 그늘막을 만들고 있을까?

꽃 피는 봄날
반갑게 주인에게 꼬리치듯
강아지 꼬리 같은
꽃을 피워 흔들어대며
반기는 종이 된
등나무

뜨거운 햇살 가려주는
무성한 이파리로
남을 위해
나를 버리는
거룩한 희생이여!

흐린 날

우중충하게
먹구름 낀
하늘

기분 나쁜
날씨

머리카락
엉성한
노숙자의
날구지

웅덩이 사는
미꾸라지 한 마리
물 위로 솟구치다가
떨어진 자리
작은 물너울
동그라미 그린다.

제비들은
오늘따라
논밭 위를 낮은 자세로
날아다니고

두엄자리 지렁이들이
땅 위로 올라와
기어 다닌다.

비가 올 것이다
불길한 예감
"호우주의보!"

자연으로 돌아갈 때

동학은
"사람이 곧 하늘이다"라고 했다.

동심은 천심이라고들 한다.

동심이 통하지 않는
자기 밖에 모르는 세상
지옥이 따로 없다.

제 잘났다고 우쭐거리다가
제 고집만 세우고
싸움질만 일삼는
고독한 빌딩

중증의 병을 앓고 있다.
병에 걸린지도 모르고 살아간다.

동심을
잃어버렸기 때문이다.

천심을
무엇인지 모르기 때문이다.

이제 자연으로 돌아가야 한다.

바보

바보로 살아야 한다.

조금은 속아주고
조금은 눈감아주고

영리한 사냥개보다
미련스러운 똥개로 살아가야 한다.

사냥개는
다른 짐승을 물어뜯지만
똥개는
아무에게나 꼬리 흔들어준다.

바보는
미련스럽게 보이지만
이웃을 사랑할 줄 안다.

무조건 물어뜯고
피를 보아야 직성이 풀리는
사냥개 보다
꼬리 흔들어 반가움을 주는
똥개가 훨씬 낫지 않는가?

바보에게서
지혜를 배울 때다.

짝퉁시대

가짜는
언제나 진짜보다
우아하고 화려하다

가짜는
달변으로 사람을 푹 빠지게 한다.

진짜는
묵묵부답

이웃나라 물건들에
가짜가 많다.

가짜는
어딘지 허술하다.

진짜 같은 가짜를
짝퉁이라 한다.

짝퉁을 진짜로 아는 사람은
자신이 속고 있다는 사실을 모른다.

가짜 없는 세상에서 살고 싶다.
이제 부끄러움을 알 때이다.

초록 세상

봄이면
새싹이 돋고
온통 초록 세상이 되는 까닭을 아니?

풋풋한
무지개
초록 햇살만 모아
초록 세상을 만들고 싶어서 일거야.

칸디루

아마존은
거대하다

그 거대함에 비해
고추크기만한 조그만
흡혈 칸디루

물속에서 오줌을 누면
큰일 난다 .

오줌 냄새를 맡고
은밀한 곳에
쏜살같이 달려들어
피를 빨아먹는
무서운 흡혈 물고기

아마존강
강물 속의
드라큘라
칸디루

삶과 죽음은
동전의 앞뒷면이다 .

눈

우리들은
눈으로
세상을 본다

이 세상
가장 아름다운 것도
눈으로 보고

이 세상
가장 더러운 것도
눈으로 본다

눈 감고도
보이는
아름다운 사람아!

눈 뜨고도
안 보이는 사람들을
잘 보는
마음의 눈을 가져라.

향기와 냄새

향기는
맑고 순수함에서 우러난다.

냄새는 썩고
더러움 속에서 태어난다.

같은 곳에서 살지만
향기 풍기는 사람과
냄새 풍기는 사람이 있다.

나는 향기 풍기는 사람일까?
냄새 풍기는 사람일까?

자신은 자신의 냄새를
맡지 못한다.

자신과 이웃하는 사람의
코로 알 뿐이다.

비린내와 향수냄새

물고기를
담아두었던
그릇에서는
비린내를 풍긴다

향수를 담은
향수병에서는
향기로운 향수냄새가 나듯이
우리들은
저마다
다른 그릇을 가지고 있다.

그곳에다
물고기를 담을 수도 있고
향수를 담을 수도 있다.

비린내는 싫지만
물고기는 우리가
먹어야 할 양식

향수는
향긋한 냄새가 나지만
먹을 수는 없는 것

당신이라면
그릇이나 병 속에
무엇을 담아둘 것인가?

암

여보게
서둘지 말게

순리를 거슬리면
병마가 찾아온다네

염라대왕이
보낸
저승사자

몸속에
암 덩어리
생기는 순간
너와 나는
시한부 인생이 되네.

짧은 인생
더 짧게
서두르지 마세요

한 박자 늦는다고
출세에 지장 있나

출세도
건강할 때
빛을 발하지
죽음이 찾아들면
모두 부질없는 일

저승사자도 암이지만
나 자신을 아는 것도 암 일세

칼

옛날
칼은
적을 무찌를 때
활과 함께 사용하는
전쟁의 도구

칼을 잘 다스리는 사람이
제왕이 되었지만

지금은
음식을 요리할 때
꼭 필요한 도구

칼은 쇠붙이이지만
칼은 입속에서도
나온다.

거친 말 한마디
칼이 되어
상대를 해치기도 한다.

미워하는 자를 위해
칼을 갈지 마라
그 칼이
칼을 가는 자에게
돌아오는 법

미워하는 자와
칼국수나 한 그릇
나눠먹으며
서로 제 그릇의 칼국수나 베게나.

황사

흙먼지는
국경이 없다.

몽골 고비사막의
모래 알갱이

바람을 타고
한반도로 여행 나왔다.

봄빛은 따사롭지만
누군가
하늘에다
희뿌연 먼지로
연막탄을 터뜨렸다.

광활한 사막이
우리나라 하늘에서
쿨럭거린다.

5부 내 가슴 속에는

새해아침

새해아침에는
새 꿈을 꾼다.

달라지는 것은
년도의 숫자가 바뀌는 것뿐인데도

새해가 되면
새 소망이 이루어지길
기원한다.

가까운 이웃들에게
덕담을 주고받는
아름다운 모습

한 해 동안
새해 아침을 맞이하는 마음으로
하루하루를 맞이하면
이루지 못할 소망이 어디 있겠는가?

가장 소중한 것을
생각해보는
새해아침

잡초

악착같다.
빈 땅
어디든지
싹을 틔운다.

여름 장마철
몰라보게
쑥쑥 자란다.

밉상스럽게 보일지 모르지만
어쩔 수 없다.
천한 목숨
살아남기 위한
몸부림이다.

등 굽은 소나무

등 굽은
못생긴 소나무
뒷산을 지킨다.

곧게 자란
아름드리 소나무는
죽어서
불 타 없어진
남대문 다시 짓는 데나
전통 한옥집
집짓는 기둥감으로
잘려나가고

조금은
모자라거나
장애를 가진
등 굽은 소나무는

살아서
부잣집 정원수로 팔려나가거나
고향 땅에 묻힌
조상의 무덤을 지키는
효자나무가 된다.

내 가슴 속에는

내 가슴 속에서는
섬이 하나 있다.

아무도 찾아와 주지 않는
무인도

철썩철썩
파도소리 요란한
섬에서
다른 사람들과 어울려
잠시동안 섬을 잊고 있다가

집에 돌아와
자리에 누워 눈 감으면
철썩철썩 쏴아쏴아
파도치는
섬 하나
갈매기 떼
구슬픈 울음소리 들려온다.

너그럽게 세상을 보아야

우린 어떨 때는 큰 것 작은 것을 분간 못하고
작은 것에 목을 매달고
악다구니 쓰며 살아간다.

지나 놓고 보면
부질없는 것들이었다는 것을
깨달을 때
그때 그날이 무척 부끄러워
고개들 수 없을 때가 더러 있다.

하루만큼의 행복만 가질 수밖에 없는
우리들의 삶
하느님은 우리들의 하는 짓들이
어리석어 보이실 것이다.

한잔 술에 취하여
제 잘 났다고 고래고래 고함지르는
우리들의 일상
좀 너그럽게 세상을 바라보고 살 일이다.

좀 너그럽게 세상을 보면
더러는 이 세상은 더러운 것도
정겹게 보일 때도 있을 것이다.

강아지풀

하루하루가 다르게
기름 값 치솟고
그 덕분에
물가가 오른다고
아우성이다.

봉급은
쥐꼬리만 하다고
-에게게, 이까짓 것 가지고 어떻게 살아?

조그만 쥐꼬리 내보이며
"요요요"

월급쟁이 아내가
입 바람으로 강아지풀 꼬리를
마구 흔들어댄다.

파도

성난
바다를 보라

꿈틀대는
저 욕망의 불길

제 가슴을
도려내면서
아픔을 벗겨내는
바다의 껍질

바람 부는 대로
따라서 움직이는
출렁이는
가슴

거친
숨소리를 보라

철썩철썩
제 몸을
산산조각
부서 버리는
어리석은 몸짓을

날마다
자기와의 싸움에
제 몸을 던지는
거룩한 파도여!

등불

어둠을 밝히는
등불

조그만 불빛으로
길을 안내하는
스승의 가르침

불빛
밝아진 요즈음
숨어있는 어둠들의
흡인력이 강해
더욱 무서워지는
세상

몇 사람 안 되는 사람들일지라도
그들의 등불이 될 수 있다면
스승의 길은
외롭지 않을 거야.

무 우

초록
이파리로
울타리 치고

자라나는
말뚝을
땅 속에 박고

날마다
조금씩
굵어진다.

다롱이

애완견
우리 집 다롱이

사람을 거두면
나중에 상처로 되돌아오기 십상인데
강아지는
날마다 주인을 반긴다.

사람 못된 것은
개만도 못하다하다는 속담이 있듯이

요즈음엔
사람만큼 못한 개도 많아서
길거리에 버려지는 개들도 많다.

사람 구실을 못하는
길거리 노숙자들도
버려지는 개들과 똑같은 신세

버려지는 아픔보다는
서로 챙겨주는
사랑이 간절한 시대다.

주인을 잘 따르는
다롱이를 보고
난 저 강아지만큼 행복할까?
자꾸 되묻곤 한다.

달

한 달에 한번씩
달은
밤마다
점점 조각이 커지며
50분씩 늦게
날 지각이다

보름쯤에는
활짝 웃으며
둥근 공을 굴리며
쫓아오다가

가슴이 콩콩콩
점점 작아지더니
이젠 캄캄
소식이 없이
날 부르지도 않는다

그러기를
달마다
되풀이하는
까닭이 무엇일까?

밀물과 썰물도
날마다
50분씩 따라서 지각하는 것을 보면
분명 달의 꼬드김 때문일 거다.

등산

산을 오른다
헉헉거리는 숨결
흐르는 땀방울

높이 올라 갈수록
넓어지는 시야
기분이 상쾌하다.

정상에 오르면
장엄하게 펼쳐지는
풍경
내가 비행기를 탄 기분이다.
내가 하나님이 된 기분이다.

산 아래 많은 사람이 나를 우러러 보고 있겠지
막연한 승리감에
"야호" 큰소리로 호령해본다.

우리는
높이 오를수록
만류인력이 강하게 작용한다는 걸 망각하고 산다.
그러나 떨어질 때의 충격을 아는 사람은
오를수록 겸손해야 한다는 사실을 안다.

겸손한 자만이 높은 곳에 있을 자격이 있다.
우리는 등산을 하며
높은 곳에서 내려다보는 풍경의 아름다움과
내가 이루어냈다는 만족감을 느낀다.

왜 산을 오르느냐하는 물음에
자신있는 대답을 하는 사람은 많지 않다.

산이 있기에 오를 뿐
산을 오르기를 싫어하는 사람은
자신의 몸속에 산을 만든다.

비

비
오락가락
내리네.

비
억수같이
쏟아지네.

먹구름
몰려온 뒤
여름날의 소낙비

하늘까지
가리고 내리는
장맛비

촉촉하게
대지의 목마름을
축여주는
어머니의 사랑

6부 고향의 강

고향의 강

강물은 늘 말이 없었다.
파란 하늘을 담은 채
저녁 어스름이면 황금빛 물비늘을 파닥거리며
유년의 파노라마 같은 기억을 토해내곤 하였다.

소년들은 강가 언덕에 앉아
돌멩이를 집어 들어 수제비를 뜨거나
묵묵히 앉아 생각에 빠졌다.
주위에는 거품을 내뿜던
털게들이 부지런히
강가 갯벌에 구멍을 파고 있었다.

어디선가 짱뚱어들이 물장구를 치며
분주히 강가를 왔다갔다 장난을 치고 있고,
옆 풀밭에는 메뚜기들이 날아다니고 있었다.

날마다 강가에는 그리움의 풀잎편지를 띄우며
소년이 가장 좋아했던 사람들의 안부를 묻곤 했다.
강은 늘 말이 없었다.

그러다가 비가 많이 내리는 장마철에는
그 맑고 푸른 속마음에 황토를 으깨놓았다.
맑은 하늘도 드리우지 않은 채 황톳물로 엉엉 울고
있었다.
강물은 휘이휘이 휘파람 소리를 내며 재빠르게 흘
러갔고
범람하여 황톳빛 물바다가 되었다.

보릿단이 떠 내려오고 풀잎들이 떠 내려오고
갖은 쓰레기들이 떠 밀려왔다.
들판은 황톳물로 잠겼다.
어디선가 길은 끊어지고
들판에 살던 들쥐나 뱀들도
이미 물이 잠기지 않은 인근 야산으로 대피했다.
그들은 타고난 감각으로
미리 홍수가 일어날 것은 예언하고
집단행동으로 자리를 옮긴 뒤였다.

억수 같은 장대비는 더욱 쏟아 부어
높은 지대를 빼고는 모두 물속에 갇혔다.
몇 날 며칠 지나서야
물은 원상대로 강줄기로 밀려갔고
강물은 언제 그랬냐는 듯
정화되어 푸른빛으로 마음을 진정 시켰다.

예전처럼 어디로 달아나 보이지 않던
짱뚱어들이 물장구를 치고
강가 갈대밭에는 개개비들이
갈갈갈 바리톤 목소리로 지저귀고 있었다.

동녘하늘에
아침마다 해는 뜨고
저녁 때면 노을아래
강은 그리움 보따리를 한보따리 풀어놓고
쓸쓸한 사람들의 마음을 홀딱 빼앗아갔다.

강가에 사는 사람은 알고 있었다.
강과 사람이 마음으로 소통되어
하나의 추억이 되었다는 것을.....

그렇게 강은 과거를 흘러 보내면서도
늘 과거 같은 변함없이
사람들과 소통하고 있었다.
강은 바로 고향,
바로 그 자체였다.
늙으신 어머니처럼
항상 자식들을 품안에 앉고 살고 계셨다.

묵묵히 자애로운 눈빛으로
물비늘을 반짝거리고
그 자리에서 강물을 흘러 보내고 계셨다.

지리산

3도의 경계를 이루는
광대한 산을 보았는가?
보이는 것은 산 밖에 없다.

앞과 뒤, 옆
모두
산산산

공룡 같은 웅장함으로
수많은 산짐승과 숲을 품고 있고,
산을 찾아온 사람들을
어머니처럼 품어준
지리산 능선마다
가리마를 땋아놓고
골짜기마다
이곳저곳 물을 흘러내려 보내는
저 장엄함을 보라

산짐승처럼
그냥 산에서 살아가도
아무런 후회도 없을 것 같은
마음씨 좋은
이웃집 뚱뚱이 아주머니 젖가슴

아! 우리는 보았다.
민족의 가슴에
비수를 꽂는 빨치산이
마지막 항거하던
산산산

이념의 갈등 속에 부대끼며
한 민족과 함께 한
웅대한 저 능선
노고단에 철쭉이 흐드러지게 피고
산자락 골짝마을에
산수유 꽃들이
긴 겨울잠에서 깨어나
눈곱을 터는
봄이 오는 소리

산 메아리로
돌아오는 계곡물

유달산

"오메 미쳐 불겠구먼"
전라도 사람들의
혀끝을 아리게 하는
흑산 홍어
삭는 냄새

이순신 장군이
왜적을 깜짝 놀라게 한
큰 바위로 위장한
군사용 식량창고
노적봉

바위 계단을 오르면
시원하게 내려다보이는
목포 앞바다
다도해 섬들

옹기종기
다닥다닥
정겹게 어깨동무하고 있는
살림집들

"허벌라게 살기 좋은 곳이
바로 이 목포란 말이시!"
"한번 오면 세발낙지처럼
딱 붙어 이곳에서 평생을 살고 싶어 버린당께"
호남의 종착역
목포의 싱징
유달산

이난영의 "목포의 눈물"이 있는
정겹고 비린내 나는
바위산을 보고난 뒤
말 하소

삼학도

유달산에서
내려다보이는
삼학도

비린내 감겨오는
목포항 부두가
옹기종기
섬 섬 섬
목포 앞 바다

입안이 쏴하도록
매운 홍어냄새

목포는 항구다
목포는 전라도 사투리
구수한 정이
넘치는 도시

개미

허리 띠
졸
라
메
고

부지런히
일했다.

죽는 날까지
일 하는
즐거움으로

환절기

계절이 바뀌자
여기저기
감기 환자들이 많이 생겨났다.
콜록콜록
훌쩍훌쩍

만병의 근원이 감기라더니
건너 마을
김 할아버지도 저승으로 가셨다.

우리 마을
이 할머니도
눈을 감으셨다.

환절기엔
저승사자도 바쁘다.
종합병원 응급실, 중환자실
곳곳에
저승을 기다리는
환자들이 많다.

이번 환절기만 넘기면
한 해는 거뜬히 살 것인데

요즈음에는
90세는 거뜬히 산다고
은근히좋아하시던 아버지
겨울을 넘기시더니
봄 환절기에 가셨다.

저승에서
봄을 맞이하려고
이승에서 눈 감았다.

살기 좋은 세상이지만
못 볼 게 너무 많다며
눈 감으셨다.

보릿고개보다
더 험한 환절기
노인들만 사는 시골마을에
빈집이 더 늘어나겠다.

왕따

왕따는
일본 게따다

패거리 지어
집단 괴롭힘

아주
비겁한 동물들 짓이다.

제 힘이 모자라면
꼭 패거리를 모은다.

같은 동네
같은 학교
같은 모임

조금 넓게 생각하면
왕따 없는
사람 냄새나는
아름다운
세상이 될 텐데……

왕따 당하는
사람이
만약 자기가 된다면
어찌 할 것인가?

왕따는
또 다른 왕따를 낳는 법

독도는
우리 땅이라고
독도를 괴롭히지 마라.

첫병

몰라도
꼭 아는 척해야
직성이 풀리는
헤픈 사람아!

한 계급
올랐다고
삐기는
이 어리석은 사람아!

높아질수록
낮아져야
존경을 받지

짧은 인생
미움으로 살아가는
이 미련한 사람아!

쳇병이야
스스로 고치지 못하면
못 고치는 병이야.

사랑하면서
오손도손
정답게 이야기 나누면서
아름답게
살아가면 안 되겠느냐?

넓은 아량으로
사랑을 베풀면서
살아가면 안 되겠느냐?

늙음에 대하여

늙어가는 것을
좋아하는 사람은 없다.

한 세기도
못 살면서

수십 세기를
살아갈 것 같은
착각으로
마음은늘 젊다.

그러나
한 해가 갈수록
나무의 나이테처럼
이마에 주름이 진다.

늙음은
곧 죽음이 가까이 오고 있다는
신호다.

삶과 죽음은
늘 공존하지만
죽는 순간까지
우리는 죽음을 망각한다.

간재미

홍어네
사촌

바다 밑
청소부

납작 엎드려
고자질
아첨꾼이다.

아마 사람들에게
큰 벌 받을 것이다.

껍질이 확 벗겨져
속살 난도질당해
붉은 초고추장에 버무려져
안주상에 오를
간재미 회무침

자화상

이 세상에 가장 어리석은
사람이 있습니다.

누구라고 지칭할 수 없는
불특정 다수에게 화를 내는
까뮈 소설 "이방인"의
뫼르소를 닮았습니다.

사람 좋기는 하지만
좋다 싫다 말 못하고
꼭 뒷북을 칩니다.

그런 내 모습을 무척 미워합니다.

무인도에서
혼자 살고 싶을 때가 많습니다.

어린이 같은
행동으로 살아가고 싶지만
여우들에게 늘 속임을 당합니다.

임신 중

저는 임신 했어요
제 가득한 욕심까지
임신 했어요

배가 날마다 불러 오네요
전 아주 예쁜
아기를 낳을 거예요.

여우

여우들이
많은 세상입니다.

여우같이 간사하고
여우같이 날렵해야
잘나가는 친구를 사귀고 출세도 할 수 있다고 합
니다.

여우는
여우 나름대로 명예가 있습니다.

여우는 여우끼리만 알고
순진한 사람은
절대 자신이 여우인지 몰라야 합니다.

나긋나긋한 미소
친절하고 예의 바른 몸가짐
어느 누구도 속지 않을 사람이 없지요.

천년 여우는
어쩌다 사람으로 변신도 한답니다.

내가 사귀는 사람이
여우인지 달밤에 잘 살펴보세요.
당신과 가장 가까운 사람이
바로 여우일 수 있습니다.

꾀가 많은 사람
줄 잘서는 눈치
재빠른 판단력과 속셈
여우는 보통사람 보다 감각이 빨라야 합니다.

상대를 붕 띄우는 재치
자기보다 힘이 없을 땐
깔아 뭉기는 뱃장
건달 같고 악녀 같은 지혜가 있어야 합니다.

7부 **아 침 이 슬**

힘주기

똥배에
힘주지 말라
뱃살은
안 빠지고
똥 나올까 겁난다.

목에 힘주지 말라
목줄에
핏줄 터질라 겁난다.

주먹에
힘주지 말라
철창 신세질까 두렵다.

헛심을 쓰면
힘 빠지고 맥 풀린다.

헛심을 안 쓰고
제 할 일을 할 때
세상이
바로 돌아가는 법

괜히 헛심 쓰고
남 원망 말아라.

세상은 공평한 법
제 할 일 노력하면
성공하게 되는 법
헛심 써서
바르게 되는 일 없더라.

집짓기

양옥을 지으려면
거푸집에
콘크리트 쏟아 부으면 되지만

한옥을 지으려면
나무와 황토가 있어야지

기둥나무는 굵고
서까래는 더 가는 나무로
그런데
기둥감을 서까래로 쓰고
서까래 감을 기둥으로 쓰
면가분수가 되어 무너지지

양옥집 부실공사는
철근을 적게 넣었을 때
한옥집 부실공사는
서툰 목수를 쓸 때
집짓는 일은
쉬운 일이 아니다.

이제까지 보고 듣고 경험한
총 지식으로
자기가 원하는 설계도로
집을 지어야 해

집을 다 짓고도
늘 맘에 차지 않지
제 분수껏 짓는 거야

참새

하루 종일
짹짹짹
시끄럽다

먹이
먹을 때만
조용

불쌍하기도 하지
좋은 곳
구경 한번 못해보고

제가 사는 마을만
빙빙 도는

우물 안의 개구리
세상이 너무 어둡다.

장마철

우중충한 날씨가
찌프린 얼굴로
나를 노려보고 있다.

컴컴한 하늘에서
억수로 비는
휴일 정체된 고속도로처럼
가다서다 반복 중

습도가 높아
방안 공기는
눅눅하여 곰팡이가 피어오르는 것만 같다.

빗길의 교통사고
홍수와 산사태
텔레비전 뉴스도
우울한 소식만 뱉아내고 있다.

계단

한 계단
올라가 봐

그게
별 것이 아니야

오르기는
무척 힘들어

올라 봤자
별 볼일이 없거든

세상일 다 그렇듯
계단이 있어
남들이 오르니까 오를 뿐
다 부질 없는 짓이야.

오를수록
헛된 욕심만
가득 찰 뿐이야

헛되고 헛된 것이
우리의 삶이 듯
오르는 순간을
즐기면서 살아가야 하는 거야.

직육면체 공간에서

아파트와 빌딩이
들어서고 나서
우리들은
직육면체 공간에 갇혔다.

짐을 싣고 다니는
트럭이 그렇고
고속철도가 그렇고
콘테이너박스가 그러하다.

너와 나의 공간도
우리들의 공간도
칸막이가 된
직육면체

생각도
사랑도
모두 콘테이너박스다.

바닷가에 가서 수평선을 바라보라
평야지대에 가서 지평선을 바라보라
저 높은 하늘을 쳐다보라
저 푸른 산을 바라보라
직육면체가 아니다.
그래서 답답하지 않다.

주말만 되면
고속도로 교통체증이 빚는 것은
직육면체로 탈출하기 위함이다.
직육면체로 귀환하기 위함이다.

우리가 사는
지구도 둥글기 때문이다.

까치에게

까치가
미루나무 가지 끝에
부러진 나뭇가지
풀잎들을 모아서
동그란 바구니 모양의 집을 지었다.

그 집에다
욕심도 많아
청자빛 넓은 하늘도 담고
하얀 솜털 같은 구름도 담고
빗물도 담아 걸러 주고
알을 낳아
알을 품더니
새끼들을 까서 길러냈다.

옛날에는
아침에 까치가 울면
반가운 손님이 온다고 까치를 길조라고 여겼지만
요즈음에는
이웃동네
과수원의 과일들을 쪼아 먹는다고
사람들의 눈총만 받고
흉조라고 미움까지 톡톡히 받는다.

집 지을 마땅한 곳이 없으면
전봇대에다 집을 짓는다고
위험하다고
사람들이 자꾸 집을 부서도
고집 세게 또 짓고 또 짓고
까치와의 전쟁이 한참이다.

까치야 까치야
옛날로 돌아가거라
제발 전봇대에 집짓지 말고
애써 농사지은 과수원의 농작물에는
손대지 말거라.

애완동물

귀여운 동물들이
사람들의 종이 되었다.

하루 종일
주인을 기다리는
야생을 잃어버린
애완동물

단독주택, 아파트 등의
안방에 들어앉아
사람들이 주는
인스턴트 먹이를 먹고 살아간다.

사람의 취향에 따라
포유류, 조류, 어류, 파충류, 양서류 곤충 등
그 종류도 무척 다양한 동물을
애완동물로 한다.

도시에 몰려들어
고향을 잃어버린
주인처럼
이제 자연을 떠나
사람과 함께
살아가는 동물가족들.

자꾸 사라져가는
산과 숲보금자리를
잃어가는
숲 속 친구들
강과 바다 친구들
하나, 둘……
사람들의 종이 되어가고 있다.

역사 앞에서

역사는
사실이다.

사실을 뒤집어놓으면
날조된 역사가 된다.
다시는
이런 부끄러운 짓은 없어야 한다.

중국의 동북공정이 그렇고
독도를 자기네 땅이라고 우기는
일본이 그렇다.

하늘이 두렵지 않는 모양이다.

아침이슬

초록 풀잎 위에서
동그란 눈을 뜨고

눈망울을
굴리며
미소 짓는
눈웃음

아침 햇살 비추자
되쏘는
빛사랑의 화살들

다정하게 어울려
살아보려는
초롱한
눈물

깨끗한
방울방울

조나단 리빙스턴의 꿈

비린내 나는
넓은 바다에서 살아가는
조나단 리빙스턴

먹이를 쫓아
비상하는 일상을 벗어나
파아란 하늘을 동경했다.

높이 날아서
해와 달과 별을 품은
하늘의 세계를 알고 싶어
높이 날아 올라가기 위해
밤낮을 가리지 않고
전력투구를 했다.

-저런 얼빠진 녀석을 보게나
-뭐 잘 났다고 저 모양이야
수군대는 이웃들의 수다에도
귀 막고 묵묵히 꾸준한 비상연습

봄빛 따뜻한 4.19
높이 나르는 연습 중
돌풍에 날개를 다쳤다.

너그러움을 심어 하늘 높이
멋진 비상의 시 한 편을 꼭 쓰겠다는
조나단 리빙스턴
꺾인 날개를 파닥거리며
오늘도 몸부림하고 있다.

그의 고난은 앞으로도 계속될 것이다.
세상이 깜짝 놀랄 멋진 비상의 꿈이
이루어질 때까지

아홉수가 사나우니 올해만 넘기면
비상할 수 있을 거야
-조나단 리빙스턴, 언젠가 넌 꼭 하늘을
아주 높고 멋지게 비상하는 날이 올 거야

그의 이름이 잊혀져가지만
그의 꿈을 이해하는 사람은
오늘도 그를 응원하고 있다.

노안(老眼)

눈이 침침하다
보이는 것이
가물가물

늙어가는
눈
쭈그러진
수정체

내 눈에
헛것이 보이는 것일까?

다른 사람의 눈과
내 눈이 겹쳐 보이는
이중물체

내 눈은
어디 간 것일까?

바른 것을
바르게 보지 못하는
거짓의 눈

가까운 곳의 물체가
잘 안 보이고
먼 것이 가깝게 보인다.

겨울비

그리운
하얀 눈 대신

뜨거운
눈물이 되어
비가 내린다

차가운 이별 뒤에
이 무슨 망령인가?

다 잊고
차가운 하늘아래
하얀 그리움으로
남아야 하건만

아!난 너를 그리며
앙상한 나무로 서서
뜨거운
너의 눈물을 맞고 있다.

가루의 힘

초판 1쇄 찍은 날 | 2014년 3월 3일
초판 1쇄 펴낸 날 | 2014년 3월 7일

지은이 | 김관식
펴낸이 | 최봉석
펴낸곳 | 도서출판 해동
출판 등록 | 제05-01-0350호
주소 | 광주광역시 동구 문화전당로 23(남동)
전화 | (062)233-0803
팩스 | (062)225-6792
이메일 | h-d7410@hanmail.net

값 10,000원

ISBN 979-11-5573-014-0 03810